AF588925

février 1889



Collection de Feu M. DOBBÉ

# Aquarelles et Dessins

IMPRIMERIE MAULDE ET RENOU

A. MAULDE & C^ie

IMPRIMEURS DE LA COMPAGNIE DES COMMISSAIRES-PRISEURS

*Rue de Rivoli, 144*

Collection de Feu M. DOBBÉ

COLLECTION DE FEU M. DOBBE

# CATALOGUE

DE

# TABLEAUX

## De l'École moderne

ŒUVRES DE

H. BARON, BERNE-BELLECOUR, ROSA-BONHEUR, L. BONNAT, COROT, DAUBIGNY, DIAZ, J. DUPRÉ, FROMENTIN, ISABEY, CH. JACQUE, JACQUET, JONGKIND, KAEMMERER, L. LELOIR, PASINI, RIBERA, ROYBET, SCHREYER, VAN MARCKE, VIBERT, VOLLON, WEISZ, WORMS, ZIEM, ETC.

## Aquarelles et Dessins

PAR

BERNE-BELLECOUR, BONVIN, DETAILLE, GAVARNI, L. LELOIR, VIBERT, ETC.

## Tableaux anciens

DONT LA VENTE AURA LIEU

A PARIS, HOTEL DROUOT, SALLE N° 8

*Les Lundi 18 et Mardi 19 Février 1889*

A DEUX HEURES ET DEMIE

Par le ministère de Me COUTURIER, Commissaire-Priseur,
A PARIS, rue Chaptal, 2

Assisté de M. EUGÈNE FERAL, Peintre-Expert,
Faubourg Montmartre, 54

CHEZ LESQUELS SE DISTRIBUE LE PRÉSENT CATALOGUE

EXPOSITIONS SALLES N°s 8 ET 9

| PARTICULIÈRE | PUBLIQUE |
|---|---|
| *Le Samedi 16 Février 1889* | *Le Dimanche 17 Février 1889* |
| DE 1 HEURE A 5 HEURES 1/2 | DE 1 HEURE A 5 HEURES 1/2 |

PARIS — 1889

## CONDITIONS DE LA VENTE

La Vente sera faite au comptant.

Les Adjudicataires paieront CINQ POUR CENT en sus des enchères, applicables aux frais de vente.

DÉSIGNATION

# TABLEAUX MODERNES

## ALVAREZ

1 — Passage à Cipriana (Italie).

Signé et daté 1876.

Bois : H. 0m 18. L. 0m 10.

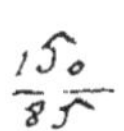

## ANDRÉ (Ed.)

2 — Le Musicien espagnol.

Il est debout, occupé à lire des affiches, tenant sa guitare sous son bras.

Signé à droite.

Bois : H. 0m 16. L. 0m 10.

## BARON (Henri)

3 — Le Bouquet.

Deux gentilshommes, portant de brillants costumes vénitiens, présentent un bouquet à deux jeunes filles; l'une d'elles se penche sur la terrasse d'un palais pour le saisir.

Signé à droite.

Bois : H. $0^{m}$ 33, L. $0^{m}$ 18.

## BARON (Henri)

4 — La Fête de la Madone (Pendant du précédent).

Deux jeunes femmes, montées sur des échelles, entourent de guirlandes de fleurs l'image d'une Vierge placée dans une niche.

Bois : H. $0^{m}$ 33, L. $0^{m}$ 18.

## BEAULIEU (Anatole de)

5 — Mignon, chez les Bohémiens.

Esquisse.

Bois : H. $0^{m}$ 51, L. $0^{m}$ 32.

## BEAULIEU (ANATOLE DE)

6 — La Couleuvre.

Variante du même sujet que l'artiste avait exposé au Salon.

Esquisse.

Toile : H. 0m 45. L. 0m 32.

## BEAULIEU (ANATOLE DE)

7 — Arabes à la porte d'une Mosquée.

Ébauche.

Bois : H. 0m 45. L. 0m 29.

## BEAULIEU (ANATOLE DE)

8 — Fruits, Fleurs et Objets divers posés sur une table.

Carton : H. 0m 24. L. 0m 34.

## BEEK (VAN DER)

9 — Portraits de Jeunes filles hongroises, vues en buste (Deux pendants).

Signés et datés 1877.

Bois : H. 0m 18. L. 0m 13.

## BERNE-BELLECOUR (Étienne)

10 — Marin en faction.

Appuyé sur le canon de son fusil, il regarde vers la gauche ; il a attaché à sa ceinture sa guibecière, son sabre, une gourde et un casque prussien.

Signé à gauche et daté 1877.

Bois : H. 0m34. L. 0m22.

## BERNE-BELLECOUR (Étienne)

11 — Un Chasseur de Vincennes.

Il est debout, dans un bois, regardant vers la droite, le fusil en bandoulière.

Signé à gauche.

Bois : H. 0m21. L. 0m12.

## BILLET (Pierre)

12 — Paysanne.

Elle est dans un paysage, assise sur un fagot, la tête appuyée sur son bras gauche, dans l'attitude de la réflexion.

Vers le fond, on aperçoit un bûcheron coupant un arbre.

Signé à gauche.

Toile : H. 0m46. L. 0m64.

BONHEUR (Rosa).

## 13 — Chevaux au pâturage.

Deux chevaux percherons, un blanc, l'autre gris ardoise, placés côte à côte, ayant la même attitude.

Au second plan, la lisière d'un bois.

Signé à gauche en toutes lettres.

Toile : H. 0m 38. L. 0m 46.

BONHEUR (ROSA)

10000 / 10100 – Bernheim

## 14 — Le Dix-Cors.

Au centre d'un paysage, un cerf longe des blocs de rochers entre lesquels poussent de hautes herbes. On aperçoit un autre cerf au second plan.

Signé à gauche en toutes lettres et daté 1887.

Toile : H. 0m38. L. 0m46.

BONNAT (Léon)

## 15 — Petite Italienne.

10000 / 10400

Couchée sur un monticule, le visage espiègle et souriant, les bras levés au-dessus de sa tête; elle porte le costume italien à larges manches blanches, robe bleue avec fichu rouge autour du cou et tablier jaune.

Signé à gauche.

Toile : H. 0m24. L. 0m35.

## CAMPRIANI (A.)

16 — La Plage de Portici.

Des enfants jouent sur le sable, auprès de bateaux de pêche où des blanchisseuses ont étendu du linge. A droite, des pêcheurs réparent des filets.

Signé à gauche.

Bois : H. $0^m 18$. L. $0^m 39$.

## CHEVILLIARD (V.)

17 — La Recherche de l'Inconnu.

Un prêtre debout, vu de profil, ouvre le tronc des pauvres fixé au pilier de l'église.

Signé à droite.

Toile : H. $0^m 18$. L. $0^m 13$.

## CLAUDE (Eugène)

18 — Fruits.

Des pêches et des grappes de raisins noirs avec leurs ceps, posés à terre.

Signé à droite.

Toile : H. $0^m 54$. L. $0^m 65$.

## COROT (CAMILLE)

### 19 — Bords de Rivière.

15000 / 12650

Un batelier, en bonnet rouge, a amarré son bateau auprès d'un vieux saule dépouillé de ses feuilles et d'un massif de joncs.

Sur la rive de droite, de grands arbres sous lesquels on aperçoit une percée de ciel et une maison au toit rouge, éclairée par un gai rayon de soleil.

Au fond, à gauche, des maisons et le clocher du village se reflétant dans les eaux transparentes de la rivière.

Ciel fin et lumineux avec légers nuages.

Signé à droite et dédicace à Jacques Offenbach.

Toile : H. 0m 40. L. 0m 60.

## COROT (Camille)

# 20 — Le Matin.

Le sol est couvert de rosée, quelques arbres, dont le feuillage léger se détache sur un ciel vaporeux, poussent au bord d'une rivière.

A gauche, un pêcheur dans son bateau ; vers le fond, un village.

Au premier plan, deux femmes et un enfant.

Charmante composition, très fine de ton.

Signé à gauche.

Toile : H. $0^m31$. L. $0^m51$.

## COROT (CAMILLE)

### 21 — Paysage accidenté.

A droite, de grands arbres : sous leur feuillage on aperçoit, vers le fond, quelques maisons s'élevant au-dessus d'un monticule : à gauche, des rochers et des bouleaux se détachant sur un ciel semé de légers nuages.

Au centre, deux femmes ramassent des branches de bois mort.

Charmant tableau, de la meilleure époque de l'artiste.

Signé à gauche.

Toile. H., [illegible] L., [illegible] 58.

## COROT (CAMILLE)

### 22 — Après l'Orage.

Des arbres presque dépouillés de leurs feuilles sur un terrain en partie couvert par les eaux.

A gauche, une barque avec deux bateliers.

Ciel nuageux.

Signé à droite.

Toile : H. $0^{m}$ 34 L. $0^{m}$ 50.

## COROT (CAMILLE)

### 23 — Les Chaumières.

Elles sont au centre, auprès d'un [arbre. Au premier plan, une vache au bord d'un cours d'eau qui s'étend vers la droite.

Bois : H. $0^{m}$ 30. L. $0^{m}$ 41.

## CORTAZZO

### 24 — Les Amants.

Une jeune fille, vêtue d'un élégant costume du temps de Louis XVI, est montée sur le bord d'un bassin de pierre contenant des plantes aquatiques; elle tient une baguette au bout de laquelle est une rose qu'elle envoie à un jeune homme qui tend son chapeau.

Signé à droite.

Bois : H. $0^{m}$ 32. L. $0^{m}$ 18

## DALBONO (E.)

25 — Le petit Pêcheur.

Dans une chétive embarcation, il retire péniblement son filet de l'eau.

Signé à droite et daté 1875.

Bois : H. $0^m$ 13. L. $0^m$ 39.

## DALBONO (E.)

26 — Jeune Femme dans un jardin.

Vue à mi-corps, assise dans un fauteuil, vêtue d'une robe de soie rose, elle tient un éventail.

Signé dans le haut à droite.

Bois : H. $0^m$ 15. L. $0^m$ 12.

## DALBONO (E.)

27 — Bateau de pêche.

Environs de Venise.

Signé à gauche.

Bois : H. $0^m$ 14. L. $0^m$ 09

## DAUBIGNY

28 — Les Bords de l'Oise.

La rivière s'étend vers la droite; au premier plan, un terrain marécageux couvert de plantes verdoyantes; à gauche, un champ de blé auprès d'un massif de grands arbres.

Ciel avec légers nuages.

Signé à gauche.

Bois : H. $0^m$ 20. L. $0^m$ 35.

## DAWANT (A.)

29 — Le Frère servant.

Debout devant une fontaine, il attend que le seau de bois qu'il a posé sur une auge de pierre soit rempli.

Signé à gauche et daté 82.

Toile : H. $0^m$ 24. L. $0^m$ 30.

## DE PENNE (Octave)

30 — Chiens de chasse, en arrêt devant des faisans.

Signé à gauche.

Bois : H. $0^m$ 23. L. $0^m$ 32.

DIAZ (N.)

## 31 — Petites Filles turques.

Brijac 10000/10000

Elles sont dans un paysage : Deux assises, la troisième debout et richement vêtues ; coiffures et corsages brodés d'or ; jupons rouge, jaune et bleu.

Elles jouent avec un petit épagneul que l'une d'elles tient sur ses genoux.

Signé à gauche.

Carton : H. 0m 43. L. 0m 30.

## DIAZ (N.)

32 — La Mare.

Elle est dans une forêt, au centre d'une clairière. Au premier plan, à l'ombre de grands arbres, une femme est assise ayant près d'elle un levrier. Un vif rayon de soleil illumine les terrains et les arbres du second plan.

Signé à gauche.

Bois : H. $0^m$,25. L. $0^m$ 32.

## DUPRÉ (JULES)

33 — Le Sentier.

Il traverse un pays montueux et accidenté, sur le bord, un chêne; un peu à droite, une femme se dirigeant vers une chaumière située sur la lisière d'un bois.

Au premier plan, une mare.

Signé à gauche.

Toile : H. $0^m$58. L. $0^m$72.

## DUPRÉ (JULES)

34 — Plage au soleil couchant.

La mer s'est retirée laissant sur le sable deux bateaux de pêche les voiles déployées. Le soleil, perçant les nuages, illumine le ciel, se reflétant dans une large flaque d'eau au premier plan.

Signé à gauche.

Toile : H. $0^m$54. L. $0^m$65.

## DUPRÉ (Jules)

### 35 — Bords de rivière au soleil couchant.

10000 / 8000

Le ciel est chaud et vaporeux. Le soleil, au centre, éclaire de ses vifs rayons les nuages qui l'entourent, se reflétant dans les eaux de la rivière.

A droite, quelques arbres ; sur la gauche, un pêcheur dans un bateau.

Signé à gauche.

Bois : H. $0^m$ 43. L. $0^m$ 64.

DUPRÉ (Jules)

8000 / 10600 Sedelmeyer

## 36 — Le Cours d'eau.

Il serpente dans des pâturages coupés par des touffes de verdure et bordés de joncs et de plantes aquatiques.

Au centre, un arbre aux branches brisées dont le feuillage se détache sur un ciel lumineux.

Signé à gauche.

Toile : H. $0^m38$. L. $0^m55$.

## DUPRÉ (JULES)

37 — Paysage, Soleil couchant. 5000 / 3700

A droite, des arbres se détachant sur un ciel brillant. Le soleil, à demi-voilé par de légers nuages, se reflète dans les eaux d'une rivière et éclaire vivement trois vaches couchées au premier plan.

Signé à droite.

Toile : H. $0^m$ 32. L. $0^m$ 40.

## DUPRÉ (JULES)

38 — Les Chaumières. 2500 / 5100

Elles sont en partie cachées par quelques arbres : une mare occupe le premier plan.

Signé à droite.

Toile : H. $0^m$ 25. L. $0^m$ 33.

## DUPRÉ (Jules)

### 39 — Le Pêcheur à la ligne.

Il est assis au bord d'une rivière, à l'ombre de deux saules; à gauche, deux vaches au repos; vers le fond, à droite, sur la rive opposée, des monticules et des constructions avec tourelles.

Signé à gauche.

Bois : H. $0^m$ 38. L. $0^m$ 46.

## DUPRÉ (Jules)

### 40 — Marine.

Le ciel est nuageux; la mer est agitée. Au centre, un bateau à voiles se courbe sous les rafales du vent.

Signé à droite.

Toile : H. $0^m$ 32. L. $0^m$ 46.

## DUPRÉ (Jules)

### 41 — Le Moulin.

Il est dans un pays plat, auprès d'une chaumière. Sur le devant, une rivière où des vaches viennent se désaltérer.

Signé à droite.

Bois : H. $0^m$ 22. L. $0^m$ 34.

## DUPRÉ (JULES)

42 — Chaumières sur un monticule. 2000/2850

Au centre, sur un sentier y conduisant, une paysanne en jupon rouge.

Signé à droite.

Bois : H. $0^{m}$ 25. L. $0^{m}$ 25.

## FONDEVILLA (A. MAS Y)

43 — Au bord du golfe de Naples. 1200/1350

Des enfants jouent au premier plan, auprès de quelques bateaux de pêche amarrés sur le sable.

Au second plan, à droite, d'autres enfants quittent leurs vêtements et se disposent à se baigner.

A gauche, des pêcheurs préparent leur repas.

Dans le fond, la ville de Naples et le Vésuve.

Signé à droite et daté 79.

Bois : H. $0^{m}$ 31. L. $0^{m}$ 48.

## FROMENTIN (Eugène)

### 44 — Combat de Cavaliers arabes.

L'un d'eux se renverse sur son cheval et tombe blessé. Un second, lancé au galop, le pistolet au poing, est suivi d'autres cavaliers poursuivant un porte-drapeau qui fuit vers la droite.

Au fond, un choc de combattants enveloppés par la fumée de la poudre.

Signé à gauche en toutes lettres.

Toile : H. $0^{m}37$. L. $0^{m}60$.

## GUÈS (A.)

45 — Le Fou.

Assis sur un coussin, il tient sa marotte et regarde en riant son perroquet qui veut mordre des fruits.

Signé à gauche.

Bois : H. 0m17. L. 0m13.

## GUILLEMIN (A.)

46 — La Toilette.

La mère taille les cheveux de son fils pendant que le père, assis devant une cheminée, est occupé à faire sa barbe ; un peu plus loin, une jeune paysanne prend un objet dans une armoire.

Signé à gauche.

Bois : H. 0m45. L. 0m55.

## GOUPIL (Jules)

47 — Jeune Fille en buste.

La tête de trois quarts tournée vers la gauche, les cheveux blonds bouclés serrés par un ruban. Robe de satin bleu avec rose au corsage.

Signé à gauche.

Bois : H. 0m31. L. 0m24.

## ISABEY (Eugène)

### 48 — La Bénédiction du Cardinal.

Un cardinal sous la porte voûtée d'une ancienne construction en ruine, suivi d'un nombreux cortège de moines portant une bannière, bénit un paysan qui s'est agenouillé devant lui. A droite et à gauche, des paysannes se sont arrêtées et attendent respectueusement, les unes agenouillées, les autres debout, leurs enfants dans les bras.

Signé à gauche.

Toile : H. $0^{m}81$. L. $0^{m}66$.

## ISABEY (Eugène)

### 49 — Marine.

La mer est houleuse; plusieurs bateaux de pêche plient leurs voiles pour éviter la tempête.

Signé à droite des initiales et daté 1840.

Toiles : H. $0^{m}65$. L. $0^{m}54$.

## ISABEY (Eugène)

50 — L'Alchimiste.

Au centre, l'alchimiste verse un liquide dans un vase posé sur son fourneau. Sur le devant, un coffret, des fioles, un livre ouvert; à droite, un paravent; dans l'angle, à gauche, un lit à baldaquin.

Signé à droite et daté 76.

Toile. H. 0m45. L. 0m60.

## ISABEY (Eugène)

51 — Le Nécromancien (Pendant du précédent).

Il est dans un laboratoire, debout, montrant à une femme qui est venue le consulter le contenu d'un livre qu'il a posé sur une table. Un gentilhomme, caché dans un escalier, semble écouter leur conversation. Des livres et de nombreux ustensiles sont éparpillés dans la pièce. Des poissons et autres animaux sont attachés aux murs.

Signé à droite et daté 77.

Bois: H. 0m32. L. 0m41.

## ISABEY (Eugène)

52 — Plage Normande.

De nombreux pêcheurs retirent leurs filets. Le ciel est nuageux, des bateaux de pêche, amarrés sur le sable, attendent la haute mer pour gagner le large.

Signé à gauche.

Bois : H. 0m 38. L. 0m 54.

## ISABEY (Eugène)

53 — Marine.

La mer est houleuse; des pêcheurs, après avoir hissé les voiles de leurs bateaux, gagnent le large.

Signé à gauche et daté 66.

Toile : H. 0m 26. L. 0m 37.

## ISABEY (Eugène)

54 — Plage.

Des bateaux de pêche sont amarrés sur les bords. Un homme charge sur un cheval des paniers de poissons. Vers la gauche, on aperçoit un village.

Signé à gauche.

Bois : H. 0m 19. L. 0m 28.

JACQUE (Charles)

## 55 — L'Abreuvoir.

Un troupeau de moutons se désaltère au bord d'un cours d'eau, sous la garde d'une bergère qui est debout, appuyée sur son bâton ; derrière elle, son chien ; à gauche, de grands arbres.

Signé à gauche.

Toile : H. $0^m 47$. L. $0^m 67$.

## JACQUE (Charles)

### 56 — La Bergerie.

Un vif rayon de soleil éclaire un pan de mur et quelques moutons près desquels une paysanne, tenant une fourche, retourne leur litière ; à gauche, des poules auprès d'un râtelier ;

Signé à droite.

Bois : H. $0^{m}24$. L. $0^{m}32$.

## JACQUE (Charles)

### 57 — Intérieur de Bergerie.

Au premier plan, une brebis et son agneau ; plus loin, quatre moutons : deux boivent dans un baquet, auprès de deux poules, les deux autres mangent au râtelier.

Signé à gauche.

Bois : H. $0^{m}19$. L. $0^{m}29$.

## JACQUE (Charles)

### 58 — La Basse-Cour.

Un coq et des poules, vivement éclairés par le soleil, picorent sur un fumier ; dans le fond, les bâtiments d'une ferme.

Signé à gauche.

Bois : H. $0^{m}09$. L. $0^{m}15$.

## JACQUET (G.)

59 — Jeune Fille en buste.

La tête de trois quarts, regardant vers la droite; les cheveux blonds frisés sur le front. Col de guipure et corsage de satin rose avec nœud de ruban au cou.

Signé à gauche.

Bois : H. 0m 35. L. 0m 26.

## JACQUET (G.)

60 — Un Gentilhomme.

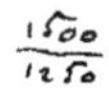

Debout et vu de profil, à droite. Il porte un costume Henri II en soie jaune avec manteau de velours noir.

Signé à gauche.

Bois : H. 0m 31. L. 0m 15.

## JONGKIND

61 — Vue de Hollande.

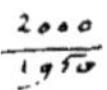

Un canal avec bateau chargé de voyageurs; à droite, un moulin à vent se détachant sur un ciel lumineux. Dans le fond, des maisons et le clocher d'une église.

Signé à droite.

Toile : H. 0m 42. L. 0m 55.

## JONGKIND

62 — Le Canal de Boezem, à Rotterdam.

Sur la rive gauche, une rangée de moulins longeant le canal et se perdant à l'horizon. A droite, une vache paissant sur un terrain verdoyant, au bord du chemin de halage.

Signé à droite et daté 1872.

Toile : H. $0^m 32$. L. $0^m 52$.

## JONGKIND

63 — Bords de Rivière, près Dordrecht (Hollande).

Un bateau marchand est amarré sur la droite, auprès d'un moulin. Un batelier dans sa barque longe la berge. Vers le fond, d'autres bateaux. Le ciel est nuageux ; le soleil, légèrement voilé, se reflète dans les eaux et les éclaire vivement.

Signé à gauche et daté 1876.

Toile : H. $0^m 24$. L. $0^m 32$.

## JONGKIND

### 64 — Un Canal de Hollande.

Des bateaux marchands sont amarrés sur la gauche longeant le quai bordé de maisons;

A droite, un chemin de halage. Au second plan, des arbres. Vers le fond, une passerelle.

Signé à droite.

Toile : H. 0m26. L. 0m40.

## JONGKIND

### 65 — Le Jardin du Luxembourg.

Petite esquisse signée et datée 16 juillet 1857.

Bois : H. 0m12. L. 0m13.

## KAEMMERER

### 66 — Promenade d'Automne.

Une jeune femme, portant un costume du Directoire, marche vers la droite, soulevant sa robe de satin rose bordée de fourrures.

Les arbres perdent leurs feuilles et le sol en est jonché.

Signé à droite.

Toile : H. 0m40. L. 0m25.

## KAEMMERER

67 — Un Gentilhomme. (Pendant du précédent.)

Debout, dans un paysage, élégamment vêtu, le tricorne sous le bras; habit violet à raies bleues, culotte courte et bas de soie.

Signé à droite.

Toile : H. $0^{m}40$. L. $0^{m}25$.

## KRATKÉ (J.)

68 — La Déclaration.

Un gros personnage, en habit bleu et culotte courte, tenant son chapeau, la main sur son cœur, fait une déclaration à une jeune femme, en partie cachée par un treillage de jardin.

Signé à droite et daté 1875.

Bois : H. $0^{m}20$. L. $0^{m}15$.

## LANFANT DE METZ

69 — Le Mois de Marie.

Des enfants et des jeunes filles apportent des fleurs et des couronnes sur l'autel de la Vierge.

Au second plan, des femmes avec leurs enfants et un soldat blessé viennent aussi faire leur offrande.

Signé à droite et daté 1860.

Toile : H. $0^{m}72$. L. $0^{m}59$.

LELOIR (Louis)

## 70 — Le Printemps.

5000
2610

Deux jeunes filles : l'une assise, vue de dos, des fleurs blanches dans les cheveux, les épaules nues et portant une robe de soie bleue, tient une flûte de Pan dont elle semble tirer des sons. L'autre, nonchalamment étendue sur le gazon, la tête appuyée sur son bras droit, regarde sa compagne.

Signé à gauche en toutes lettres et daté 1874.

Bois : H. 0m34. L. 0m45.

## LELOIR (Louis)

71 — Un Incroyable.

Assis dans un coin de jardin, les jambes croisées et posées sur une chaise qui lui fait face, il lit un journal. A sa droite, une petite table où se trouvent sa tasse de café et un flacon de liqueur. Près de lui, deux jeunes chiens et des oiseaux.

Signé à gauche et daté 1874.

Toile : H. $0^{m}24$. L. $0^{m}34$.

## LELOIR (Maurice)

72 — Le Réveil.

Un soldat qui a dormi dans une grange se réveille et s'étire au bruit du tambour.

Au second plan, on aperçoit un soldat parcourant le village en battant le rappel.

Signé à droite.

Bois : H. $0^{m}23$. L. $0^{m}32$.

## LEROUX (Hector)

73 — La Vestale Tuccia.

Bois : H. $0^{m}21$. L. $0^{m}10$.

## LUMINAIS

74 — Le Relais.

Un vieux postillon compte son argent pendant qu'un jeune garçon tient ses chevaux par la bride. A droite, une chaumière, dans l'intérieur, un homme et un enfant.

Signé à gauche.

Toile : H. 0m 90. L. 1m 20.

## MICHETTI

75 — Les petits Maraudeurs.

Deux petits bergers italiens rentrent joyeux, ramenant leurs moutons et chargés des fruits qu'ils ont pris dans un verger.

Toile : H. 0m 27. L. 0m 34.

## MULLER (Ch.-L.)

76 — Le Départ du pays.

La mère, montée sur un âne, tient son plus jeune enfant endormi sur ses genoux ; sa fille aînée, marche près d'elle tenant l'âne par son licol ; le fils les suit portant sur sa tete une corbeille de provisions. Ces personnages sont dans un paysage rocheux et accidenté, éclairé par les rayons du soleil couchant.

Signé à gauche.

Toile : H. 0m 75. L. 0m 88.

## NOTERMAN (E.)

77 — Des Singes (Deux pendants).

Les uns causent et fument en lisant le journal *le Rappel*; les autres se querellent en lisant *le Figaro*.

Bois : H. $0^{m}$ 17. L. $0^{m}$ 13.

## OUVRIÉ (Justin)

78 — Vue des bords du Rhin.

Au centre, un remorqueur traînant des bateaux. Vers le fond, sur la rive gauche, un village éclairé par le soleil.

Signé à gauche.

Toile : H. $0^{m}$ 15. L. $0^{m}$ 24.

## PALIZZI (G.)

79 — La Barrière.

Des animaux, vaches et moutons, sont arrêtés au bord d'un cours d'eau que traverse un pont de bois fermé par une porte à claire-voie. A droite, une femme cause aeve une fillette qui tient un mouton ; à gauche, des pâturages se perdant à l'horizon.

Signé à droite.

Toile : H. $0^{m}$65. L. $0^{m}$98.

PASINI (A.)

80 — Arabes à la porte d'une mosquée.

3500
4005

Ils sont descendus de leurs chevaux et se livrent à une conversation animée.

A gauche, une négresse préparant du café et vendant des pastèques.

Signé à droite et daté 1876.

Toile : H. 0m46. L. 37.

## PASINI (A.)

### 81 — Sentinelle turque.

Elle est sous le porche d'un magnifique palais oriental, dans la pénombre, montée sur son cheval et armée d'une lance. A gauche, le soleil, éclaire vivement un mur garni de faïences aux brillantes couleurs.

Signé à droite et daté 1877.

Toile : H. 0m 45. L. 0m 28.

## PASINI (A.)

### 82 — Un Camp arabe.

Les tentes sont dressées au pied de quelques collines. Sur la droite, des touffes de palmiers ; trois cavaliers armés de lances causent au premier plan ; sur la gauche, des chevaux en liberté.

Signé à droite et daté 1867.

Toile : H. 0m 25. L. 0m 45.

## PERRET (Aimé)

### 83 — Les Amoureux.

Deux jeunes villageois, en costume pittoresques, sont assis dans la campagne. La jeune fille regarde son prétendu qui tient un écheveau de laine qu'elle dévide.

Dans le fond, les maisons du village.

Signé à droite.

Bois : H. 0m 33. L. 0m 40.

RIBÉRA (ROMAN)

84 — Les joyeux Buveurs. 3000 / 3500

Ils paraissent sortir du cabaret, se tenant par le bras, ayant chacun une canette ou un verre dont ils semblent avoir vidé le contenu.

Signé à droite.

Bois : H. 0m 34. L. 0m56.

## RIBÉRA (Roman)

85 — Jeune Femme, en buste, coiffée d'un chapeau noir.

Buveur coiffé d'un chapeau à larges bords.

Deux pendants.

Signés.

Bois : H. 0m 11. L. 0m 09.

## ROSSANO

86 — Le Troupeau de moutons.

Il est sur une route bordée de grands arbres, conduit par un petit paysan ; les moutons disparaissent dans la poussière qu'ils soulèvent par leur marche.

Signé à droite et daté 1877.

Bois : H. 0m 23. L. 0m 14.

ROYBET (F.)

## 87 — L'Officier.

Debout devant une table, la tête de profil, coiffé d'un chapeau à larges bords; collerette plissée; veste en soie verte à reflets dorés; bottes molles.

Il tient une lettre dont il lit le contenu.

Signé à droite.

Bois : H. 0m 60. L. 0m 45.

## SALA (E.)

### 88 — L'Écrivain public.

Il est dans un intérieur espagnol, écrivant sous la dictée d'une jeune femme accoudée sur une table ; à gauche, des vases de fleurs et sur le devant deux colombes.

Signé à droite et daté de Madrid 1878.

Bois : H. 0m 38. L. 0m 27.

## SCHREYER (Ad.)

### 89 — La Bourrasque.

Des paysans russes sont descendus de leurs chevaux arrêtés auprès d'une chaumière, l'un d'eux, frappe à la porte, cherchant un refuge contre le vent qui souffle avec violence soulevant la neige qui vole en tourbillons.

Signé à gauche.

Toile : H. 0m 42. L. 0m 73.

## SCHREYER (Ad.)

### 90 — Un Relais en Russie.

Le sol est couvert de neige, un paysan s'est arrêté devant une chaumière ; le traîneau, attelé de deux chevaux, est à l'abri sous un hangar, pendant que le cocher cause sur la porte de l'habitation.

Signé à gauche.

Toile : H. 0m 16. L. 0m 21.

## SCHREYER (Ad.)

### 90 — Cavaliers arabes en marche.

Vêtus de riches étoffes, montés sur leurs chevaux et tenant chacun leur fusil; ils parcourent un pays sauvage couvert d'herbes et de broussailles, et suivent un corps d'armée que l'on aperçoit vers le fond.

Signé à gauche.

Toile : H. 49. L. 84.

## SIMONETTI (A.)

92 — Au bord du golfe de Naples.

Étude signée et datée 76.

Bois : H. $0^{m}13$. L., $0^{m}17$.

## SPIRIDON

93 — Le Billet doux.

Une jeune femme lit devant une fenêtre, pendant qu'un galant, entré dans le jardin, lui envoie au bout d'une canne un billet attaché par une faveur bleue.

Signé à droite et daté 1875.

Bois : H. $0^{m}35$. L., $0^{m}21$.

## TAMBURINI (A.)

94 — Le Musicien italien.

Il est debout, la tête de profil tournée vers la gauche et tenant sa cornemuse.

Signé dans le haut, à gauche, et daté 1880.

Toile : $0^{m}34$. L., $0^{m}22$.

## TROYON (Attribué à C.)

95 — L'Abreuvoir. 600 / 600

Quatre vaches se désaltèrent au bord d'un cours d'eau.

Au second plan, un massif de verdure.

Esquisse signée des initiales.

Bois : H. $0^m17$. L. $0^m25$.

## MARCKE (Émile Van)

96 — Pâturages. Bernheim 6000 / 6610

Une vache blanche, mouchetée de roux, auprès d'un tertre surmonté d'un massif de verdure. A droite, au second plan, d'autres animaux séparés par une barrière.

Signé à gauche et daté 68.

Toile : H. $0^m48$. L. $0^m70$.

## MARCKE (Émile Van)

97 — L'Abreuvoir. 2500 / 2010

Deux vaches, l'une blanche, l'autre marron, se désaltèrent dns une mare qui est au milieu d'un pâturage.

Signé à droite.

Toile : H. $0^m20$. L. $0^m31$.

## VIBERT (J.-GEORGES)

98 — Le Barbier catalan.

Il crie dans la rue d'un village, portant attachés à une courroie, un tabouret, un fourneau, un plat à barbe, etc.

Signé à gauche.

Bois : H. $0^{m}16$. L. $0^{m}11$.

## VOLLON (ANTOINE)

99 — L'Aiguière d'argent.

Sur une table, en partie couverte d'un tapis, un plat d'argent et une aiguière, une canette en vermeil, une orange et des grappes de raisins. A gauche, une coupe de cristal contenant des fraises.

Signé à gauche.

Toile : H. $0^{m}60$. L. $0^{m}72$.

## VOLLON (ANTOINE)

100 — Effet de neige.

Un chemin tournant et deux femmes arrêtées et causant ; plus loin, une autre femme, donnant la main à deux enfants, se dirige vers des chaumières qui occupent le second plan.

Signé à gauche.

Toile : H. $0^{m}32$. L. $0^{m}45$.

## VOLLON (Antoine)

101 — Fleurs et Fruits.

Des camélias, des azalées, des giroflées jaunes et autres fleurs dans un vase en faïence bleue posé sur une table auprès de deux poires.

Signé à gauche.

Toile : H. 0m58. L. 0m45.

## VOLLON (Antoine)

102 — Ustensiles de Ménage, dans une cour.

Un poêlon en cuivre jaune, une marmite en fer, un seau et des balais appuyés contre un mur.

Signé à gauche.

Toile : H. 0m40. L. 0m36.

## VOLLON (Antoine)

103 — Des Chaumières.

Etude signée à droite.

Toile : H. 0m 17. L. 0m 27.

## WALBERG

104 — Les côtes de Hollande au clair de Lune.

Sur la gauche, dans l'ombre, des maisons de pêcheurs. Le ciel est nuageux ; la lune, légèrement voilée, se reflète dans les eaux sur lesquelles se détache un bateau de pêche.

Bois : H. 0m 16. L. 0m 23.

## WASHINGTON (Georges)

105 — Fantasia arabe.

Leurs chevaux sont lancés au galop ; les uns déchargent leurs armes, les autres rattrapent leurs fusils qu'ils ont jetés en l'air.

Signé à droite.

Bois : H. 0m 22. L. 0m 32.

## WEISZ (Adolphe)

106 — La Fiancée.

Elle est debout, se regardant devant une glace, vêtue d'un costume aux vives couleurs et tenant à la main un bouquet de fleurs d'oranger.

Signé à gauche.

Bois : H. 0m 32. L. 0m 23.

## WORMS (Jules)

107 La Chanteuse espagnole.

Debout dans un intérieur, en costume négligé, les épaules nues, elle s'appuie sur une table et semble écouter le chant d'un pinson enfermé dans une cage : près d'elle, un pot de primevères. Dans le fond, une guitare suspendue au mur.

Signé à gauche.

Bois : H. 0m24. L. 0m18.

## WORMS (Jules)

108 — L'Attente.

Un Jeune espagnol, à l'angle d'une ruelle, auprès d'une fenêtre grillée, attend l'heure du rendez-vous.

Signé à droite.

Bois : H. 0m24. L. 0m18.

## WORMS (Jules)

109 — Espagnole et son Nourrisson.

Elle est debout, devant la porte de sa maison, regardant son enfant qu'elle tient dans ses bras.

Signé à droite.

Bois : H. 0m16. L. 0m10.

## WYLIE (R.)

### 110 — Le Traîneau improvisé.

Deux petits paysans ont saisi les bouts d'un paillasson sur lequel on a assis un bel enfant en robe rouge qu'ils traînent en courant.

Toile : H. $0^{m}26$. L. $0^{m}55$.

## ZIEM

### 111 — Vue de Venise.

Sur la gauche, une maison en partie cachée par les arbres d'un jardin entouré d'une balustrade de pierre surmontée d'une statue. Un pêcheur est dans une barque ; une gondole longe le canal. Vers le fond, un campanile s'élevant au-dessus des maisons éclairées par un soleil chaud et doré.

Signé à gauche.

Toile : H. $0^{m}68$. L. $0^{m}54$.

## ZIEM

### 112 — Fruits.

Des pommes, des raisins blancs et une pêche entamée posés à terre, au pied d'un cep de vigne.

Signé à gauche.

Toile ovale : H. $0^{m}66$. L. $0^{m}70$.

# AQUARELLES ET DESSINS

## ALBERTI

113 — Italiennes debout. (Deux pendants.) 240/140

L'une tient un tambour de basque. L'autre est vue de profil et adossée à une colonne.

Aquarelles signées et datées 72.

## BARRIAS (F.)

114 — Italienne appuyée sur un Tambour de basque.

Dessin rehaussé de blanc.

Signé.

H. $0^m 26$. L. $0^m 20$.

## BEEK (Th. Van der).

115 — Jeune Servante épluchant des oignons.

Mine de plomb.

Signé et daté 1877.

H. 0m46. L. 0m34.

## BERNE-BELLECOUR (E.)

116 — Le Jardin du Curé.

Plume et sépia.

Signé.

H. 0m18. L. 0m13.

## BONVIN (F.)

117 — Le Déjeuner du matin.

Une paysanne assise, coiffée d'un bonnet blanc, tenant une cuiller et un bol.

Crayon noir, rehaussé de blanc, sur papier bleu.

Signé et daté 49.

H. 0m35. L. 0m21.

## CHARLET

118 — La Halte à l'Auberge.

Jolie aquarelle signée.

H. $0^{m}17$. L. $0^{m}20$.

## CHARLET

119 — Paysanne sur la porte de sa Maison et tenant un Enfant dans ses bras.

Sépia signée.

H. $0^{m}22$. L. $0^{m}18$.

## COMPTE-CALIX

120 — Le Nid.

Une jeune femme se penche avec précaution vers un buisson où des oiseaux ont placé leur nid. Un chien est auprès d'elle.

Aquarelle signée.

H. $0^{m}28$. L. $0^{m}20$.

## DETAILLE (Edmond)

121 — Soldat prussien.

Il est debout tenant son fusil, son sabre au coté. Il porte une tunique bleue et le casque à pointe.

Aquarelle signée et datée 1880.

H. $0^{m}22$. L. $0^{m}14$.

## DETAILLE (Ed.)

122 — Un Incroyable.

Il est appuyé contre un mur et tient une canne. Coiffé d'un chapeau à claques habit et gilet à grands revers, culotte courte et bottes vernies.

Dessin à la sépia, rehaussé de blanc, d'une extrême finesse.

Signé à gauche.

H. $0^{m}15$. L. $0^{m}09$.

## DETAILLE (Ed.)

123 — Trompette de cuirassiers.

Monté sur son cheval lancé au galop.

Dessin à la plume.

Signé et daté 1880.

H. $0^{m}22$. L. $0^{m}19$.

## FAUSTINI

124 — Servante essuyant les meubles.

Aquarelle signée.

H. 0m44. L. 0m31.

## FAUSTINI

125 — Jeune Femme assise et tenant un éventail. (Pendant du précédent.)

Aquarelle signée.

H. 0m44. L. 0m31.

## GAVARNI

126 — Jeune Homme et jeune Femme costumés.

Aquarelle gouachée.

Signée à gauche.

H. 0m32. L. 0m23.

## GAVARNI

127 — Oh! hé! qui qu'a perdu son veau?

Un homme costumé parlant à une jeune femme habillée en débardeur.

Aquarelle signée.

H. $0^m31$. L. $0^m21$.

## ISABEY (Eugène)

128 — Avant l'Office.

Deux dames entrent dans une église suivies d'un cavalier. Le suisse, près de la porte, tient sa hallebarde.

Aquarelle signée et datée 77.

H. $0^m24$. L. $0^m19$.

## KAEMMERER (F.-H.)

129 — Jeune Fille tenant une houlette.

Aquarelle signée.

H. $0^m20$. L. $0^m14$.

## LAZERGES (Hippolyte)

130 — Tête d'Arabe. 25/35

Etude à l'aquarelle signée et datée 1875.

H. 0m13. L. 0m21.

## LE BLANT

131 — Soldat vendéen. 500/450

Debout dans un paysage, le sabre au côté, son fusil en bandoulière et portant une besace.

Aquarelle signée.

H. 0m28. L. 0m17.

## LEFEBVRE (Jules)

132 — Jeune Italienne. 1000/1050

Debout, vue jusqu'aux genoux, la tête de face; corsage jaune et jupon rouge, un fichu blanc sur les épaules. Les bras croisés sur la poitrine, jouant avec son collier de corail.

Pastel signé dans le haut, à gauche.

H. 0m31. D. 0m16.

## LELOIR (Louis)

133 — Le Chien mal dressé.

Plume et encre de Chine.

Signé et daté 1874.

H. $0^{m}18$. L. $0^{m}13$.

## REYMAN (F.)

134 — Arabe debout.

Tenant son yatagan et adossé au mur d'un bâtiment en ruine.

Aquarelle signée.

H. $0^{m}40$. L. $0^{m}27$.

## TESSON

135 — Cour de maison arabe.

Aquarelle signée.

H. $0^{m}14$. L. $0^{m}10$.

## TESSON

136 — Plage en Orient.

Aquarelle signée.

H. 0m10. L. 0m18.

## VIBERT (J.-G.)

137 — Espagnol assis sur la margelle d'un puits.

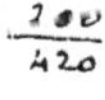

Plume et encre de Chine.

H. 0m23. L. 0m16.

# TABLEAUX ANCIENS

---

## BAUR (Attribué à WILLEM)

138 — Nombreux personnages dans des paysages.

Deux peintures sur cuivre, de forme octogone, dans le même cadre.

H. $0^m17$. L. $0^m17$.

## EISEN (CHARLES)

139 — Les petits Jardiniers.

Les uns font mouvoir la pompe d'un puits, pendant qu'un autre, tenant un tuyau, arrose des légumes.

Toile : H. $0^m70$. L. $0^m75$.

## DUBOIS

140 — La Lecture de la Bible.

Une vieille femme, assise devant une fenêtre, lit la Bible à deux petites filles qui l'écoutent avec recueillement.

Toile : H. $0^{m}45$. L. $0^{m}37$.

## GREUZE (D'après)

141 — L'Enfant désobéissant.

Toile : H. $0^{m}56$. L. $0^{m}45$.

## GUARDI (F.)

142 — Paysage vénitien.

Toile : H. $0^{m}31$. L. $0^{m}50$.

## HEEMSKERK

143 — Les Buveurs.

Bois : H. $0^{m}17$. L. $0^{m}13$.

KALF (Attribué à W.)

144 — Vases en cuivre, ustensiles divers et légumes (Deux pendants). 300/220

Toiles : H. 0m45. L. 0m36.

PALAMEDES (Genre de)

145 — Intérieur de corps de garde. 120/140

Bois : H. 0m25. L. 0m3[illegible].

TENIERS (D'après D.)

146 — Les Joueurs de quilles. 150/190

Bois : H. 0m26. L. 0m55.

TENIERS (D'après D.

147 — Buveur assis dans un cabaret. 80/65

Bois : H. 0m21. L. 0m17

## VAN ES

148 — Fruits.

Sur une table, couverte d'un tapis, un plat en faïence contenant des citrons et des branches d'oranges, auprès, des grenades.

Bois : H. $0^m48$. L. $0^m72$.

## ÉCOLE ITALIENNE

149 — Diane découvrant la grossesse de Calisto.

Miniature sur vélin, forme ovale.

---

150 — Fac-simile de croquis militaires par :

## A. DE NEUVILLE

Vingt Pièces éditées par la Maison GOUPIL et Cie.

151 — Les chefs-d'œuvre d'art à l'Exposition universelle de 1878.

Deux volumes. Ludovic Baschet, éditeur.

152 — Un lot de Photographies.

153 — Une Cire, nymphe vue de dos, par Jules Franceschi.

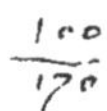

A. Maulde et Cie, imprimeurs de la Compagnie des Commissaires-Priseurs, rue de Rivoli, 144 800—93621

www.ingramcontent.com/pod-product-compliance
Ingram Content Group UK Ltd.
Pitfield, Milton Keynes, MK11 3LW, UK
UKHW021627260726
13994UKWH00003B/1115

9 782329 390154